POÉSIES

A l'occasion du Mariage

D E

S. A. R. LE DUC DE BERRY,

Petit-Fils de France.

POÉSIES.

POÉSIES

SUR LE MARIAGE

DE

S. A. R. LA PRINCESSE

MARIE-CAROLINE,

DES DEUX-SICILES,

AVEC

S. A. R. M.⁒ LE DUC DE BERRY,

Petit-Fils de France,

CÉLÉBRÉ EN MAI 1816.

PAR J.-P. CHARLOT-BRETON.

RENNES,

M.ᵐᵉ V.ᶜ FROUT, IMPRIMEUR-LIBRAIRE, RUE
DAUPHINE, N.° 10.

1816.

STANCES

A

S. A. R. la Princesse
des Deux-Siciles,

En lui adressant les Chants composés
pour son Mariage.

SOURCE adorable d'espérance ,
Fille en qui les Français admirent leur bonheur ;
Flambeau , dont la clarté fait briller l'assurance ;
Astre pur , dont la France emprunte sa splendeur ;

Venez , Princesse consolante ,
Qui , des âges futurs , ne ferez qu'un beau jour ;
Faites-nous contempler votre grace éclatante ,
Et montrez-vous sensible à nos tributs d'amour.

Pour louer votre illustre gloire ,
Mon ardeur , ô MARIE ! a cherché des loisirs ;
J'ai composé des Chants : Qui peindrait ma victoire ,
Si vous en conserviez de flatteurs souvenirs ?

Jetez donc l'œil sur mon ouvrage ,
Daignez m'encourager d'un indulgent accueil ;
Un seul de vos regards soutiendra mon courage ,
Un seul mot dit par vous , comblera mon orgueil.

Fille de Rois fameux, qui, dans le malheur même,
Soutinrent noblement l'éclat du diadême ;
Et, grands dans tous les temps, éprouvés par les cieux,
Ont rempli l'Univers de leur nom glorieux.

MARIE, abandonnez les champs de la Sicile ;
Venez voir ces vallons, cette terre fertile,
Que la Seine orgueilleuse arrose de ses eaux,
Et dont les bords fleuris se couvrent de troupeaux :

Ces superbes palais, ces riches basiliques,
D'un peuple industrieux, les cités magnifiques,
Où l'art, la grace unie à l'hospitalité,
Offrent pour les mortels un séjour enchanté.

L'Héroïne du monde, (1) un Prince magnanime,
Qui contraint aux vertus en pardonnant le crime, (2)
Désirent de vous voir pour embellir leur cour,
Et veulent vous combler des dons de leur amour.

BERRY, guerrier vaillant, élève de la gloire ;
BERRY qui, dès l'enfance, a brigué la victoire,
Avance plein d'orgueil au pied du saint Autel,
Et sa bouche vous jure un hommage éternel.

---

(1) Les auteurs contemporains ont surnommé S. A. R. Madame,
Duchesse d'Angoulême, l'Héroïne du Midi ; la posterité l'appellera
l'Héroïne du monde.

(2) Il est inutile de nommer le grand Roi qui nous gouverne ;
ces traits suffisent pour le caractériser.

Accourez à ma voix , je suis la jeune FLORE :
Du nord jusqu'au midi , du couchant à l'aurore ,
J'ai pour vous émaillé les champs de mille fleurs ,
Et lé ciel s'enrichit des plus vives couleurs.

Ainsi Flore parlait. Flore dans sa corbeille ,
Prend le myrthe odorant et la rose vermeille ,
En pare la Princesse ; et , servant nos plaisirs ,
L'emporte dans les airs sur l'aile des zéphirs.

Telle on voit le matin la belle et fraîche Aurore ,
Se dérobant des bras de l'époux qui l'adore ,
S'élancer fièrement au céleste séjour ,
Et guider sur son char l'astre brillant du jour :

Telle sillonnant l'air , superbe , étincelante ,
Etalant les rubis de sa robe éclatante ,
La Fille des Rois brille aux regards éblouis ,
Et porte l'espérance aux peuples réjouis.

Ah ! qui peindrait ses traits , sa beauté , sa jeunesse ,
Les roses de son teint , l'éclat de sa noblesse :
L'Olympe tout entier respire dans ses yeux ;
C'est l'astre du bonheur qui brille dans les cieux.

Non : tous les beaux tableaux du grand siècle d'Appelle ,
Les chef-d'œuvres fameux que finit Praxitèle ;
Ce qu'on admira plus aux temples des Romains ,
Ne peut se comparer à ses charmes divins.

Didon et Sophronie , Armide avec Hélène ,
N'avaient point sa splendeur , sa fierté souveraine ;

Et les Vieillards de Troye , assemblés sur leur tou
S'ils eussent vu ses traits , auraient brûlé d'amour.

Mais quelle vaste scène en merveilles féconde ,
Se fait voir quand Marie a plané sur le monde ?
D'innombrables amours qui parcourent le ciel ,
Lui versent les parfums, et l'encens immortel.

L'Olympe unit sa pompe à ces pompes nouvelles
Il tend de pourpre et d'or ses voûtes éternelles ;
Et la nature en joie entonnant ses concerts ,
D'un torrent d'harmonie a rempli tous les airs.

L'Ethna respectueux courbe ses sombres crêtes ;
Le Vésuve craintif fait dormir ses tempêtes ,
Les Autans sont sans voix , Carybde sans écueil ,
Et la terre étonnée admire avec orgueil.

Amour, au sein des cieux, dirige l'immortelle ,
Elle plane et sa cour resplendit derrière elle ;
Mais bientôt descendant des régions des airs ,
Elle pose son pied sur le cristal des mers.

Ah! qui pourrait conter ces brillantes merveilles ,
Le plaisir des regards, le charme des oreilles ?
Une nef de saphirs, d'or et de diamant ,
Au doux bruit d'un concert, sort du moite élément.

Amour y suit Marie, et Neptune la guide ,
Mille nymphes sortant de leur palais humide ,
Environnent la nef de leurs flots amoureux ,
Et, prêtant leur adresse, aident son cours heureux.

Quel plaisir est le leur! Que cette tâche est douce!
Leur sein frais pousse l'onde, et l'onde le repousse;
Et, réglant à la fois leurs dociles efforts,
De cent charmes divins étalent les trésors.

O vaisseau fortuné, qu'un doux zéphir seconde,
Qui portes dans tes flancs la parure du monde,
Vers nos cantons chéris poursuis ton noble cours,
Et va marquer l'instant où naîtront les beaux jours.

Climats délicieux! les charmes de là terre,
Qu'a flétris récemment le démon de la guerre;
Et qui rendus enfin à vos Rois adorés,
Nous assurez vos dons et vos fruits savourés.

O de combien d'épis, de richesses prochaines,
Vont se jaunir vos champs, se charger vos domaines!
Vos moissons et vos fleurs balançant leur trésor,
Vont offrir à nos yeux les biens de l'âge d'or.

Paisibles laboureurs qui peuplez les villages,
O de quel doux espoir elle apporte les gages!
C'est l'enfant du bonheur qui s'annonce vers vous,
Et la sécurité va commencer pour tous.

De l'arbre de nos Rois la ramure immortelle,
Va croître de sa flamme et grandir avec elle;
Et, jusqu'au haut des cieux étendant sa fierté,
Nous offrir de la paix la douce éternité.

Mais quel revers affreux vient troubler cette fête
Près du rocher fameux d'où partit la tempête,

De l'île (1) qui de Rome en vain brigua l'appui,
Qui nous vomit un monstre, (2) et la mort avec lui :

Un monstre dégoûtant, de meurtre insatiable, (3)
Elève sur les eaux son buste épouvantable ;
Et, les pieds dans l'enfer, la tête dans les cieux,
Fait mugir les torrens par ces cris furieux :

« Superbe, où voles-tu ? Dieu perfide, Neptune,
» Arrête : *des Français tu portes la fortune ;*
» Livre-moi le trésor qui finit leurs revers ;
» Arrête ; ou crains d'armer le courroux des enfers. »

Il dit : prend un sapin dont la riche verdure,
Jadis du mont Ida couronnait la parure ;
Il le lève, et soudain, terrible, l'œil en feu,
S'élance avec fureur sur le vaisseau du Dieu.

Quand de jeunes bergers jouant sur un rivage,
Au milieu des plaisirs sont surpris par l'orage ;
Que dans les champs de l'air deux nuages rivaux
S'entrechoquent entre eux, et nous versent les maux :

Des pâtres interdits la troupe s'épouvante ;
Au fracas de la foudre elle devient tremblante ;

---

(1) La Corse.

(2) Il est trop fameux pour qu'il soit nécessaire de le nommer.

(5) L'auteur a voulu figurer, dans les mers de la Corse, comme assis sur les bouches des enfers, et tenant un énorme sapin, un démon épouvantable, chargé de nuire aux Français, et qui s'irrite au seul nom de leur gloire et de leur prospérité.

Mais cédant tout-à-coup à son effroi mortel ,
Elle cherche un abri sous le toît paternel.

Plus craintives encor, les nymphes d'Amphitrite ,
Du géant irrité redoutant la poursuite ,
Sous la barque du Dieu , rempart de leur malheur ,
Vont chercher un refuge, indiqué par la peur.

Mais la Princesse est calme, et le brûlant orage
Ne peut intimider son superbe courage :
Du nocher généreux elle échauffe l'ardeur,
Et dans le sein du Dieu fait passer son grand cœur.

Neptune cependant qu'emporte la colère ,
Attaque avec vigueur son terrible adversaire ;
Il le frappe , il le suit, et , d'un coup de trident ,
Précipite le monstre au Ténare sanglant.

Tel qu'un cèdre orgueilleux sur le Liban antique ,
Leverait dans les airs sa tige magnifique ;
Et , jusqu'aux cieux glacés, où siégent les hivers,
Etendrait ses rameaux et ses feuillages verts.

S'il survient un orage : aussitôt la tempête
A soulevé son tronc et fracassé sa tête ;
Il est emporté , vole ; et ses vastes débris
Vont répandre l'effroi dans les vallons flétris.

Le vaisseau glorieux, échappé des naufrages ,
Reprend son cours heureux en dépit des orages ;
Et servi par la rame, et par les vœux porté,
Approche des Gaulois le rivage enchanté.

Qu'attendez-vous, Français, les amis de vos maîtres,
Pour voler vers MARIE, orgueil de leurs ancêtres?
Quel plaisir est pareil à celui de la voir?
Rien n'égale ses traits, tout cède à leur pouvoir.

Mais que dis-je? La France en triomphe accourue,
Couvre le bord des mers de sa foule éperdue;
Des yeux et de la voix interroge les eaux,
Et déjà du bonheur sent les charmes nouveaux.

Elle parait : la foule alors qu'elle l'a vue :
« Gloire à vous, ô MARIE, à jamais soit rendue!
» Bonheur! bonheur! amour! a-t-elle dit, en chœur,
» Gloire à vous, digne objet, d'espérance et d'honneur! »

Enivrés de plaisirs, les Français se confondent
Leur langage est muet, et leurs cœurs se répondent;
Puis cédant tout-à-coup à leurs joyeux transports,
Des champs du Marseillais font retentir les bords.

BERRY, Prince adoré, qui causez tant de joie,
Recevez le trésor que le ciel vous envoie;
Prenez-le comme un don le plus digne de vous,
Et le prenez encor comme un bienfait pour nous.

Que son cœur vertueux, ses graces, sa tendresse
Abreuvent vos beaux ans de plaisir et d'ivresse;
Que les sombres chagrins, destructeurs de nos jours
Des vôtres, à jamais, n'empoisonnent le cours!

Qu'il sorte un grand HENRY de sa couche féconde;
Qu'il soit comme LOUIS, les délices du monde;
Qu'il consacre ses jours au bien de ses sujets,
Et soit le Roi, le père, et l'amour des Français.

Idylle

SUR LE MÊME SUJET,

Imitée de JEAN RACINE, *tom.* 4.

Un noble hymen vous invite aux plaisirs ;
Français, chantez des nœuds qui comblent vos désirs.
Un noble hymen nous invite aux plaisirs ;
Français, chantons des nœuds qui comblent nos désirs.
   Grande Princesse, ô divine MARIE,
   Source de joie, et reine du bonheur,
   Vous venez ravir notre cœur ;
Vous chassez la tempête et la sombre douleur,
   Tyrans affreux de ma patrie.

 Un noble hymen nous invite aux plaisirs ;
Français, chantons des nœuds qui comblent nos désirs.

 Notre avenir n'offre plus que des charmes ;
   Par vous nos fils séchant leurs larmes,
Vont conserver le sang de leurs princes chéris :
Dans des ports fraternels retrouvant des abris,

Les Nautonniers iront sans craindre les alarmes,
Recueillir les trésors que Phébus a mûris ;
Vous frayez sous vos pas les routes de l'aurore ;
Et pour nous ses présens vont s'empresser d'éclore. (1)

Un noble hymen nous invite aux plaisirs ;
Français, chantons les nœuds qui comblent nos désirs.

Mais quel pouvoir formant cette union sacrée,
De la prospérité nous promit la durée ?
Quel grand Prince servant sa noble ambition
A par ce beau trésor flatté ma nation ?

Peuple sa vertu vous l'ind'que :
Ce don si grand, si magnifique,
Se doit à l'insigne bonté
Du meilleur Roi que l'histoire ait vanté.
Louis, l'idole de la France,
Louis craignant notre souffrance,
Veut pour jamais nous attacher
Au Sceptre paternel qu'il se vit arracher.
Grand Roi ! n'en doute point, Dieu même
Courba pour l'élever ton noble diadême,
Et la riche splendeur qu'il lui rend aujourd'hui ,
Couronne en toi l'éclat qu'il réservait pour lui.

Un Roi de ses sujets, le salut et le père ,
Louis-*le-Désiré*, nous fait ce don prospère.

---

(1) Qui n'aperçoit pas des sources de prospérité pour la France ,
dans un commerce facile avec les Echelles du Levant ? Heureux espoir
que nous donne un Roi sage , qui fait servir la gloire au bonheur
de ses sujets.

[15]

Bergers, chantons, chantons le présent immortel,
Qui vient nous assurer un bonheur éternel.

Un Roi de ses sujets, le salut et le père,
Louis-*le-Désiré* nous fait ce don prospère.

Quelle ligue assiégea ce Prince glorieux,
Le plaisir de la terre, et l'image des cieux ?

Des lâches conjurés, (1) endurcis par le crime,
Allaient grossir nos maux par d'autres attentats :
Ces traîtres, dans leur rage, aux horreurs de l'abîme,
        Voulaient précipiter ses pas.

Mais l'Europe indignée a vu leur trame affreuse ;
Elle doit les frapper des plus justes rigueurs ;
Ils n'ont qu'un châtiment : cette horde hideuse,
        Survit à ses propres fureurs.

Ainsi le Dieu des arts, en publiant sa gloire,
Ne se chargera pas de ces fameux revers :
Les Rois qui l'ont connu diront dans leur histoire,
        Qu'il devait régir l'Univers.

Grand Roi ! si les vertus et l'honneur véritable
Assurent la puissance et la splendeur d'un Roi ;
Quel Monarque indompté, quel vainqueur redoutable
        Fut plus invincible que toi ?

Quelle splendeur s'égale à ta cour immortelle ?
Pour t'entourer, la gloire y vient de toutes parts,

-----

(1) Conjuration de mars 1815.

Et la fille des Rois qui s'allie avec elle,
   Eternise tes fiers remparts.

Deux Princes généreux, la gloire de ta race,
De ton sceptre adoré sont l'auguste soutien :
Que font-ils ces héros, des trésors de ta grace ?
   Aux vils méchans ils font le bien. (1)

  O vous ! peuple soumis à sa noble puissance,
   Reconquise avec tant de droits,
   Pourriez-vous à ses douces lois
   Refuser votre obéissance ?
Grand Dieu ! si des pervers, quelques-uns, par malheur,
   Chérissant encor leur erreur, (2)
   S'obstinaient à rester rebelles ;
   Pénètre leurs cœurs de regrets,
Répands-y de tes feux les douces étincelles,
Et fais-les revenir dans les bras des Français !

  Bergers, chantons un Roi si vénérable :
Qu'il soit l'objet d'un éternel amour.

  L'union qui nous fait ce loisir délectable
Va terrasser les méchans sans retour.

  Bergers, chantons un Roi si vénérable :
Qu'il soit l'objet d'un éternel amour.

---

(1) Qui ne reconnaît à ces traits M.grs les Ducs d'Angoulême
et de Berry, sur-tout quand on sait que S. A. R. M.gr le Duc
d'Angoulême a sollicité la grace du général Debelle, son plus
cruel ennemi.

(2) Je veux parler des hommes qui se sont ligués contre le Trône.

Qu'entends-je alors? Quel concert d'allégresse
Retentit dans les champs où commande Lutèce?
Epris du riche don qu'un grand Roi leur a fait,
Les peuples réjouis célèbrent son bienfait.
Jeunes bergers, c'est vous qui par des chœurs champêtres
Réjouissez MARIE assise sous les hêtres.
Et vous, bons villageois qui, descendus des monts,
Ajoutez votre hommage aux vœux que nous formons;
Venez la contempler, pressez-vous autour d'elle :
Elle efface en blancheur la brebis la plus belle.
Tout s'anime à l'envi : l'air, les eaux et les bois
Mêlent un doux murmure au doux concert des voix.
Tout s'élance paré de cent graces nouvelles,
Et jusques aux viellards tout semble avoir des ailes.

Bergers, courons, offrons-lui nos présens,
Portons-lui nos agneaux, nos chevreaux caressans.

Déposons à ses pieds sous le naissant feuillage
Notre miel le plus pur, notre plus frais laitage ;

Bergers, courons, offrons-lui nos présens;
Portons-lui nos agneaux, nos chevreaux caressans.

Peuples qui de MARIE admirez l'hymenée
Combien d'autres plaisirs suivront cette journée !
C'est à veiller sur vous qu'elle emploiera ses jours,
C'est à votre bonheur qu'elle immole leur cours.

Qu'elle vive pour nous et triomphe sans cesse;
Qu'en tout temps sur ses pas s'attache le bonheur,

Que les fils glorieux, gages de sa tendresse,
Jusqu'à l'éternité laissent voir leur grandeur;
Qu'elle vive pour nous, et triomphe sans cesse;
Qu'elle soit de nos fils, l'appui, l'amour, l'honneur,
Aussi long-temps que vivra sa splendeur!

9 782329 160948